咪咪，你的尾巴
怎麼跑到前面了？
2005.02.19

關於貓的詩（二）
貓，有好玩的權利

Cat Poems

林煥彰 · 著 | Huan Zhang Lin

把千萬隻貓養在心裡

──《貓，有好玩的權利》自序

　　玩，是生命的活力，是動物的本性；包括人和貓。

　　小朋友好玩，小貓也一樣；小朋友有好玩的權利，小貓也一樣有好玩的權利……

　　這本集子，和《貓，有不理你的美》，是我為貓寫詩、畫畫的兩本詩畫集的「姐妹集」；適合全家人坐在一起閱讀、欣賞；這本詩畫集中的詩，原本是專為小朋友寫的，本來就多一些童趣，成人閱讀可藉以找回童心；兒童閱讀，希望能給予更多的閱讀樂趣。

　　為貓寫詩，我年輕時就開始，如集中第一首〈小貓〉，是寫於一九七一年七月四日下午。近年寫的更多，也會繼續寫；因為貓很特別，牠可以給我很多想像，我把牠當作我的詩、我的前世今生的愛人。

　　常常有人問我：你養了幾隻貓？

　　我說：我養的千萬隻貓，牠們都活在我心裡。

【林煥彰，詩人、畫家、兒童文學作家、閱讀推廣者】（2011.03.30／19:11研究苑）

CONTENTS

小貓

午睡時，

風走過窗口，

搖了幾下風鈴，

── 叮噹地

飛走了。

我養的一隻

小貓，

跳上床來，

很驚奇地瞧著

窗外。

那時，

一片白雲飄過，

以為是一條魚，

牠很快地

衝出去──

貓言貓語：其實，我沒有那麼傻，只是餓昏
了嘛！

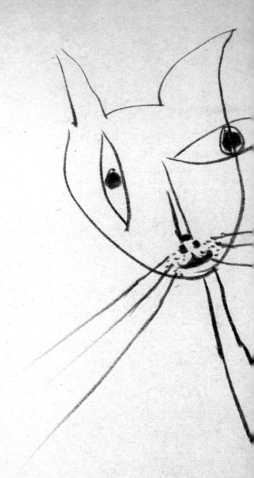

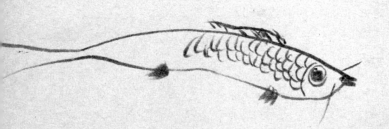

8

林

2001.01.20

9

小貓咪

有隻小貓咪，喜歡在夜裡

走入我腦海中，

不聲不響，

從我的眼睛裡，走出來

在書本上，留下

一行一行，又一行

整齊的文字；

然後， 又不聲不響

不聲不響

走了……

貓言貓語：你專心的讀你的書，我是喜歡安靜的。

小貓曬太陽

小貓在陽台上，

曬太陽；

牠喜歡把自己

捲成一個，小小的

毛線球；

收集冬天的

陽光——

貓言貓語：冬天的陽光特別珍貴，我會好好收集。

2005.02.25

17

小貓說

我愛吃魚，不會捕魚；

不會捕魚，

算不算

一件丟臉的事？

如果說，我喜歡

安靜，能不能成為一隻

有學問的貓？

不，其實

我還是比較喜歡

作夢；

每一個夢裡，都有一條

彩色的魚

在我腦海裡，游來游去……

貓言貓語：我想捕魚一定很辛苦，做夢是比較
輕鬆，好玩。

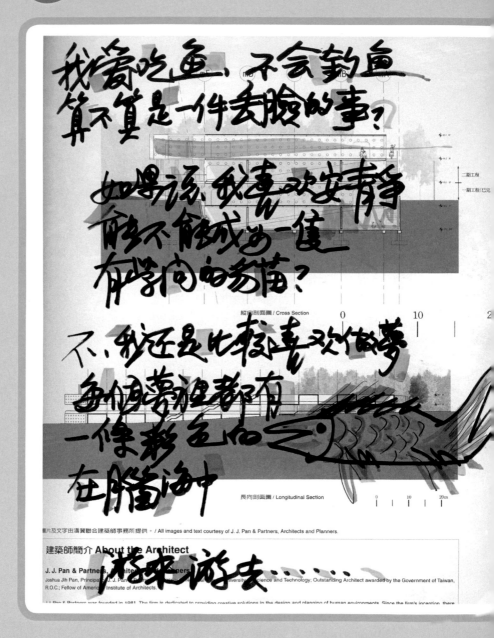

橫向剖面圖 / Cross Section

長向剖面圖 / Longitudinal Section

圖片及文字由潘冀聯合建築師事務所提供。/ All images and text courtesy of J. J. Pan & Partners, Architects and Planners.

建築師簡介 About the Architect

J. J. Pan & Partners, Architects and Planners
Joshua Jih Pan, Principal. J. J. Pan & Partners, ... University, Science and Technology; Outstanding Architect awarded by the Government of Taiwan, R.O.C.; Fellow of American Institute of Architects.

2006.4.9

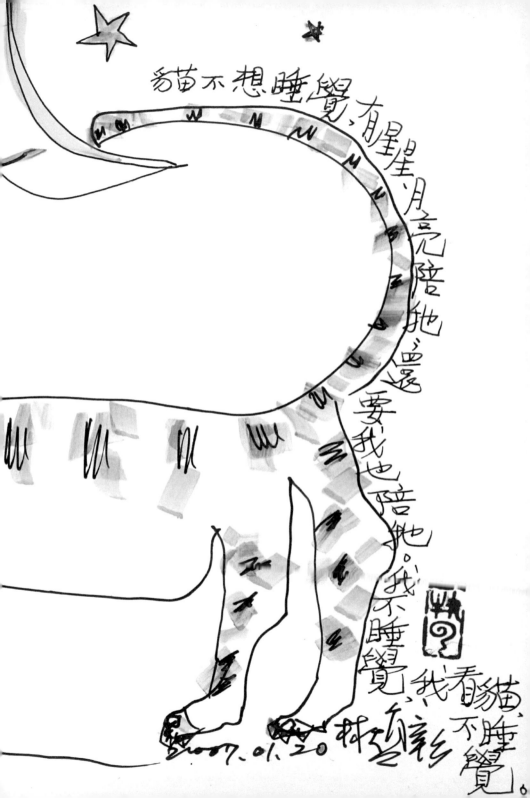

小貓的眼睛

小貓有兩顆眼睛；

每一顆眼睛

都有一顆小星星，

每一顆小星星

都像我們，居住的地方

有千千萬萬的人；

小貓的眼睛

住著千千萬萬的人……

貓言貓語：我說的是我看到的，有什麼奧妙，你
不懂。

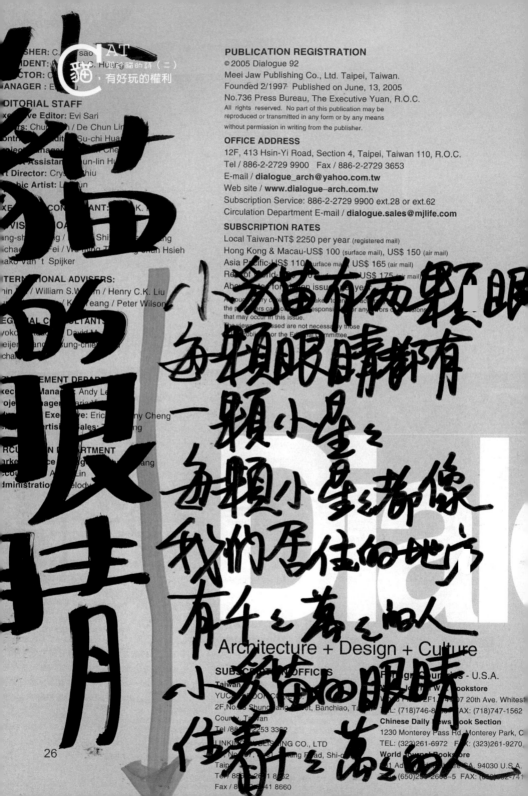

CAT
貓的詩（二），有好玩的權利

PUBLISHER: C. ...sao
...DENT: ... C. Huang
...CTOR: ...
...ANAGER: E...

EDITORIAL STAFF
Executive Editor: Evi Sari
...rs: Chun... / De Chun Lin
...ontr...dit... Su-chi Huan...
...ject ...nager ... Chen
...A Assistant ...un-lin Hu...
...t Director: Crys... hiu
...phic Artist: L...

...XE... ...CONS...TANT: ...K...

...VIS... ...OA...
...ung-sh... ...ng / ...Shi... ...ng
...ichae... ...ei / We...nbo T... ...uan Hsieh
...ako Van't Spijker

INTERNATIONAL ADVISERS:
...in ... / William S. W...m / Henry C.K. Liu
... / K... Yeang / Peter Wilson...

...EG...AL C...SULTANT...
...oko... ... David M...
...eijen ... ung-chie...
...chat...

...UB...EMENT DEPART...
...xec... ...Mana... Andy Le...
...oje... ...nager ...arin...
... Exe...ive: Eric ...ny Cheng
...vertisi... ...ales: ...ng

...RCU...N DEPARTMENT
...arke... ...ce ...ang
...cco... ... Lin
...dministration ...elody

PUBLICATION REGISTRATION
© 2005 Dialogue 92
Meei Jaw Publishing Co., Ltd. Taipei, Taiwan.
Founded 2/1997 Published on June, 13, 2005
No.736 Press Bureau, The Executive Yuan, R.O.C.

OFFICE ADDRESS
12F, 413 Hsin-Yi Road, Section 4, Taipei, Taiwan 110, R.O.C.
Tel / 886-2-2729 9900   Fax / 886-2-2729 3653
E-mail / dialogue_arch@yahoo.com.tw
Web site / www.dialogue–arch.com.tw
Subscription Service: 886-2-2729 9900 ext.28 or ext.62
Circulation Department E-mail / dialogue.sales@mjlife.com

SUBSCRIPTION RATES
Local Taiwan-NT$ 2250 per year (registered mail)
Hong Kong & Macau-US$ 100 (surface mail), US$ 150 (air mail)
Asia Pacific-US$ 110 (surface mail), US$ 165 (air mail)
Re...of world-... ...US$ 175 (air mail)
Ab... ...for ...tion issu... ... ye...
the p...rs ca... ...responsible for any errors o...ssions
that may occur in this issue.
...The views ...essed are not necessarily those
...publi... or the E...committee.

小貓有兩顆眼睛
每顆眼睛都有
一顆小星星
每顆小星星都像
我們居住的地方
有千千萬萬的人
小貓的四眼睛
住着千千萬萬的人

Architecture + Design + Culture

SUB...C...N OFFICES
Taiwan
YUC... ...OK... ...
2F,No... Shund...ang...et, Banchiao, T...
County, Ta... wan
Tel /8...-...253 336...

...INKIN... ...SHING CO., LTD
... No... ...ng Road, Shi-c...
Taip...
Tel 88... ...261 8...2
Fax / 8... ...41 8660

... ...gr... ...es - U.S.A.
...W...ookstore
...F... 07 20th Ave. Whites...
...EL: (718)746-8... ...AX: (718)747-1562
Chinese Daily ...ws ...ook Section
1230 Monterey Pass Rd, Monterey Park, C...
TEL: (323)261-6972   FAX: (323)261-9270...
World J...na...ooks...ore
... Ad... ...CA. 94030 U.S.A...
... (650)2... ...668-5 FAX: (6...-74...

[台灣海外總經銷]
聯經出版事業有限公司
台北縣汐止市大同路一段367號3樓
TEL: (02)2642-2629分機248
FAX: (02)2641-8660

[美國各經銷商]
紐約世界書局
World Journal W.J. B　store
World Plaza 2F1　　07 20th Ave.
Whitestone　　. 11357
TEL: (　　746-8889
FA　(718)747-1562

洛杉磯世界日報圖書部
Chinese Daily News BookSection
1230 Monterey Pass Rd.
Monterey Park, CA. 91754 U.S.A.
TEL: (323)261-6972
FAX: (323)261-9270, (323)266-3288

舊金山世界書局
World Journal Bookstore
231 Adrian Rd. Hillbrare CA. 94030 U.S.A.
TEL: (650)259-2603~5 FAX: (650)692-7414

[中國經銷商]
創橘美圖設計有限公司 www.metto.net
深圳總部電話 TEL: 86-755-83750612,
　　　　　　　　　83379199
設計書店門市 TEL: 86-755-21183808,
　　　　　　　　　83285570
上海 TEL: 86-21-65978542,65978543
北京 TEL: 86-10-62218162
廣州 TEL: 86-20-87768225
杭州 TEL:86-571-85393093
南京 TEL: 86-25-84409615

上海文藝建築諮詢有限公司
TEL: 021-63272561

[香港總經銷]
吳興記書報社
TEL:(852)27593808
FAX: (852)27590050

[星馬總經銷]
　　起有限公司
TEL:(852)21267533
FAX:(852)21267535

Basheer Design Books(HK)Ltd
Flat A,1/F,Island Building,
439-441 Hennessy Road,
Causeway Bay,HK
Tel:(852)21267533
Fax:(852)21267535

Our Singapore company details as follo
Basheer Graphic Books
Block231 Bain Street
#04-19 Bras Basah Comp
Singapore 180231
Tel:(65)6336-081
Fax:(65)6334-

發行人兼董事
總經理:黃湘㜺
社　長:李劋
協　理:余淑

編　務
主編:陳艾薇
編輯:林俊德/
特約編輯:黃泳
專案經理:陳冠
專案助理:黃俊
美術主編:邱文
美術編輯:林圶

總顧問:立

顧　問:
丁榮生/石靜慧
戴吾明/謝英俊

國際顧問:
白瑾/林少偉/
渡邊邦夫/楊絲

區域顧問:
松岡恭子/呂德
蔡宗潔/李玄/

社　務
廣告部
執行經理:李
專案經理:葉
業務主任:蘇
特約專員:洪

發行部
行銷副理:黃
財務部:林
行政總務:江

建築雜誌第九十二期
　發行/美兆文化事業股份　　公司建築雜誌社
　　/　年2月創刊·2005年6　　日出版
　　　聞局登記證局版台陸字　　5　號
中華民國郵政北台字第5933號執　　　
本書依法保有一切著作權益,非　　　不得轉載
社址/台北市信義路四段413　　　　樓
Tel / 886-2-2729 9900　Fax　　6-2-2729 365
電子郵件信箱 / dialogue_arc　　yahoo.com
網址 / www.dialogue-arch.u　　　
訂戶服務專線 / 886-2-2729-99　　機28或62
訂戶服務電子郵件信箱 / dialo　　sales@m

全年出版11期,零售每本新台幣　元、港幣　
台灣地區一訂閱一年新台幣2250　掛號)
港澳地區一美金100元(水陸)/美　50元(航空)
亞太地區一美金110元(水陸)/美　65元(航空)
其餘地區一美金110元(水陸)/美　175元(航空)

製版/彩峰造藝印像股份有限　　　
印刷/科樂彩色印刷股份有　　公司
裝訂/台興印刷裝訂股　有限公司

27

Mei Cheng

16

樓層平面圖 / Floor plan
17

剖面圖 / Section
18

南向立面圖 / South elevation

西向立面圖 / West elevation　　東向立面圖 / East elevation

母貓和小貓

母貓最疼愛小貓，

牠喜歡用濕潤的舌頭

舔舔牠們的小耳朵；

也喜歡高高豎起尾巴，

讓牠們攀爬。

小貓睡覺時，很可愛

像一個個小坐墊，

我最擔心——

哪天不小心，就迷迷糊糊

被我壓扁了！

貓言貓語：我的小主人真的會迷迷糊糊，我應該
小心，但睡著了要怎麼小心？

9Reward 多一點心意．多一分滿意

荷蘭邀您 思考品味兌換的多重可能

親愛的荷蘭銀行卡友：

你好！有風格的您，值得擁有品味精采的人生！
07-08跨年之際，荷蘭銀行讓品味獨具新意，為生活創造更多可能！荷蘭藝術天地，
與您一同書寫時尚風景，增加美感價值，豐富生活創意。

感謝您的支持，促進荷蘭銀行不斷求新求進！以往我們為客戶提供優質商品兌
換，今年，荷蘭銀行為您做了全新創意的變革！不僅在商品搜羅上，更思考兌換方
式與合作的多重可能，Online線上多元兌換，讓您更能掌握時間，靈活便利；與知
名商家合作消費現抵，讓禮遇立即得享；機場接送的省時便利之車、生日壽星獨享、
1點市集、限量梵谷精選商品…等超值回饋。紅利饗宴不再僅止於物件兌換，荷蘭
銀行靈活的「立即得享概念」，邀您品味娛樂、藝術、多面向的不凡人生。

荷蘭銀行的人生，品味藝術的人生！

祝福　活得創意 精采無限

荷蘭銀行信用卡暨個人信貸

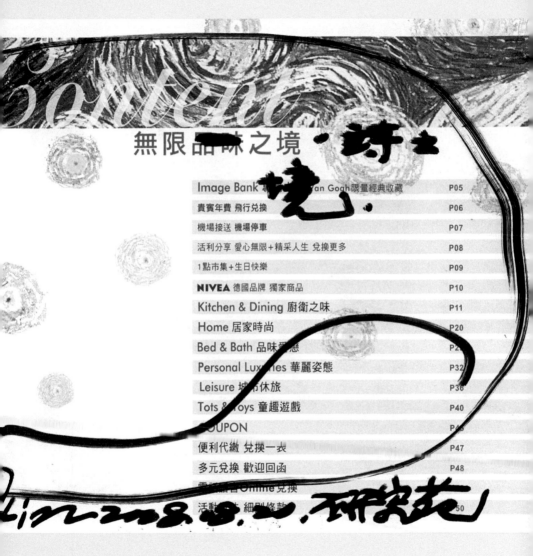

無限品味之境・詩土境.

貓咪過年

貓咪過年，

會想到貓咪；

我過年，我也會想到

我自己。

除了自己，

你會想到誰？

除了你，誰還會想到

你？

貓言貓語：你說我很自私？我覺得你也常常很
自私。

小貓愛玩

小貓愛玩，

小貓愛玩媽媽的

毛線球；

小貓愛玩，

小貓愛玩媽媽的

毛線球，小貓

滾過來，滾過去；

小貓愛玩，

小貓愛玩媽媽的

毛線球；小貓

滾過來，滾過去

小貓滾到沙發底；

小貓愛玩，

小貓愛玩媽媽的

毛線球，小貓

滾過來，滾過去

小貓滾到沙發底，

又從沙發底下

滾出來；

小貓愛玩，

小貓愛玩媽媽的

毛線球；小貓

滾過來，滾過去

小貓滾到沙發底，

又從沙發底下

滾出來……

小貓滾出來了，

滾出來；小貓變成一個

大——

毛線球。

貓言貓語：不是我好玩，很多小朋友也一樣愛玩，
常常挨媽媽訓話！

38

2005

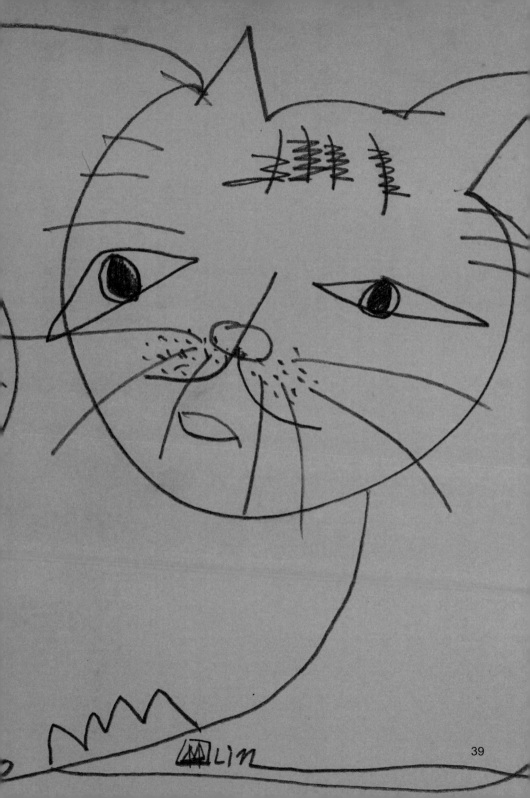

39

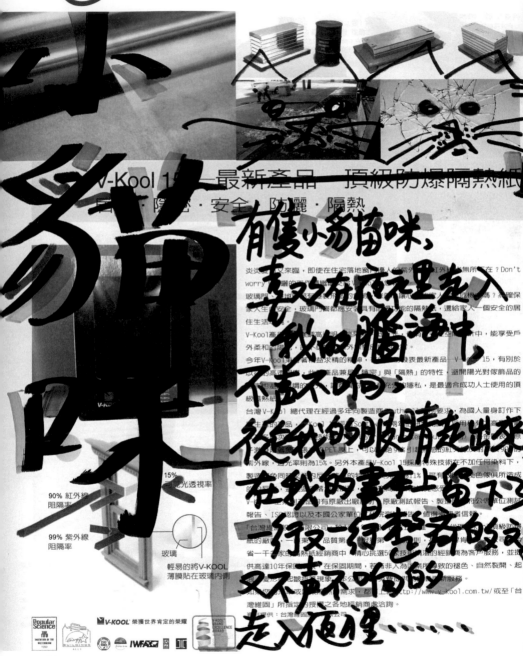

有隻小貓咪，
喜歡在夜裡走入
我的腦海中，
不聲不響，
從我的眼睛走出來，
在我的書本上留下了
行行一得奇奇的
又不聲不響的
走入夜裡……

小貓玩聲音

叮叮噹噹；小貓被繫上

鈴鐺，

牠是很不樂意的！怎麼

有個小人兒要來纏牠？

怎麼？只發出聲音

卻不讓牠看見呢！

繫在頸項間；小小鈴鐺

只管發出聲音——

叮叮噹噹；

總是俏皮的玩弄牠，

明明是在身上，

怎麼甩，就是不肯甩出來！

牠，趴下來；

是有點兒煩呢！

鈴鐺的聲音，也趴下來

也有點兒煩嗎？

夜裡，寂靜的聲音

開始讓牠擔心；擔心

不再會有人跟牠玩耍

自顧自走了嗎？小人兒

怎麼，才稍稍抖動一下下

那隱形人的腳步聲

又從遠方，夜的深處轉回來

停在耳邊；

熟悉的，俏皮的

玩弄牠，

那只發出聲音的

叮叮噹噹的，小人兒啊

你在哪兒？

牠，弓起背，又弓起腰

也伸長了腿，又伸長了腳

在毛茸茸的地毯上，

使出了全身力氣；

拼命的打滾兒，拼命的

企圖捉住聲音

叮叮噹噹，叮叮噹噹

只愛發出聲音的，那個

隱形的小人兒啊——

你在哪兒？

貓言貓語：我的小主人很討厭！她掛我鈴鐺，
說這樣才知道我什麼時候會靠近她！

the future of the nation, the
children one by one gener
excellent publications. At the
century to century. the 21s
approaching. We'll carry forward ou
always, strive without cease to set
with characteristics of China
which spans two ce
golden feelings with
ildren. publishing
ase for the motherla
living in the theme of
it is the theme of
as sisters and brot
readings are the same co
civilization and the
making the world children
and promote friendship eac
e children readings
task given by the times
d excellent ones
colorful

ry of civilization d
China has been a

of the country and the future of the

喵，躲喵喵

——遊戲說

喵，喵喵——

喵喵；小貓咪要玩遊戲

貓媽媽教小貓咪，

玩躲喵喵的遊戲。

喵，喵喵——

喵喵；貓媽媽先教他們

數數兒：

1，1、2、1，

1、2 、3、4

5、6、7……

喵，喵喵，喵喵喵……

喵，喵喵——

小貓咪學會了

從1數到10；

喵，喵喵咪咪……

喵，咪咪喵喵——

有一天夜裡，貓媽媽

帶著十幾隻小貓咪，

來到屋頂上；屋頂上有個

綠色大月亮……

喵，喵喵咪咪——

喵喵咪；貓媽媽坐下來

「這是一個好地方，」

她告訴小貓咪；

「我閉上眼睛，

你們就散開，開始躲起來——」

喵，喵喵，咪咪喵喵⋯⋯

從1數到10，

小貓咪都躲起來了；

躲在綠色的月光裡，

喵，喵喵咪咪……

喵喵，咪咪

媽咪我看到了，喵喵咪

我看到了您，

媽咪，喵咪……

媽咪，喵咪……

我在這裡，

喵咪，媽咪

你猜你猜，我在我在——

功能全能鍋

蒸盤、不鏽鋼鍋身、鍋蓋
尺寸　　徑23×高18cm (不含蓋)
A8140
A80406　　兌換
A824060
A804061

潔豹彩色笛壺

鋼琴鏡面烤漆，
應用瓦斯爐、電磁爐
材質：18-10 頂級不鏽鋼
容量：2.5L
顏色：黃
A814160 世界卡兌換：14,400點
A804160 白金卡兌換：15,000點
A824160　　　　　點
A804161 輕鬆自費：200點+NT$935

TIGER三段保溫

微電腦電動給水，三段
　量：3L
改款則以同級商品替代
A8　300 世界卡兌換：39,000點
　300 白金卡兌換：40,000點
A823300 金/普卡兌換：40,200
A803301 輕鬆自費：400點+NT

能微電腦電子鍋

＊若改款則以同級商品替代
(2007/11/20後開放兌換)
A813200 世界卡兌換：52,800點
A803200 白金卡兌換：53,800點
A823200　　　兌換：54,000點
A80320　　　：600點+NT$3,360

貓也像小孩一樣，
很好奇。幻蓉

2008.08.20

我在我在的這裡

喵咪，媽咪

我在我在——

我在你的背後裡，

嘻嘻，嘻嘻，我看到了

看到了媽咪綠色的眼睛

喵，喵喵咪咪——

躲喵喵，貓媽媽教小貓咪：

躲喵喵，玩遊戲，

要玩久一點，

你們應該好好躲在黑暗裡；

你們應該安安靜靜，

　　　不要發出聲音；

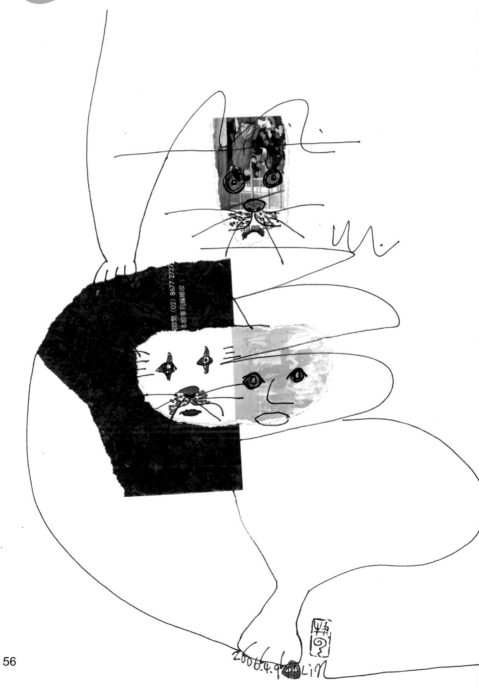

你們應該培養耐性，

　　不要告訴我；

你們應該躲久一點，再躲久一點

　　不要讓我找到你——

貓言貓語：我的媽媽很有耐性，她是我的好媽咪。

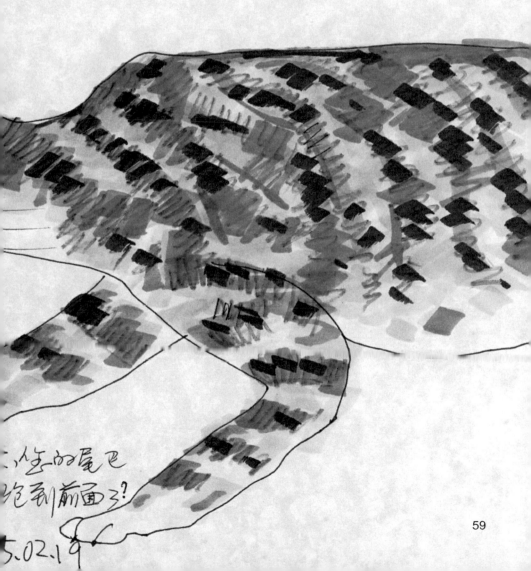

……住的尾巴
泡到前面了？

5.02.19

59

我是，酷貓

──說給一隻三歲的小老鼠聽

小不點兒，

我可以不理自己，

我也可以，不理你；

你使我太沒面子啦，你──

該死的不該死的

一隻臭小老鼠！

說你該死，一點兒也沒把你冤枉啊

小不點兒，

你為什麼要在我的鞋子裡

睡午覺？又咬著我的臭襪子

當被子——

害我被我媽媽罵！

哦！當然，你是很懂得享受

睡覺時還要搶我那雙

特有，臭鹹魚味的襪子

才睡得甜，睡得安穩？

你，你簡直把我看成是三歲的小貓仔

小不點兒，

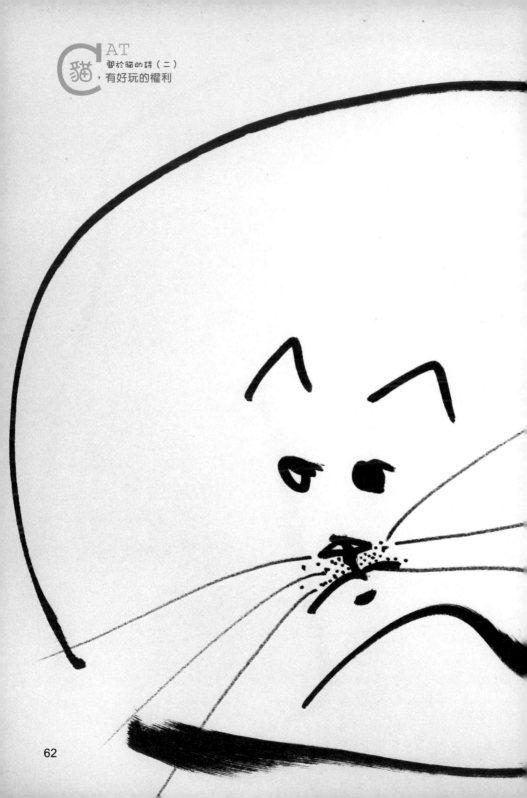

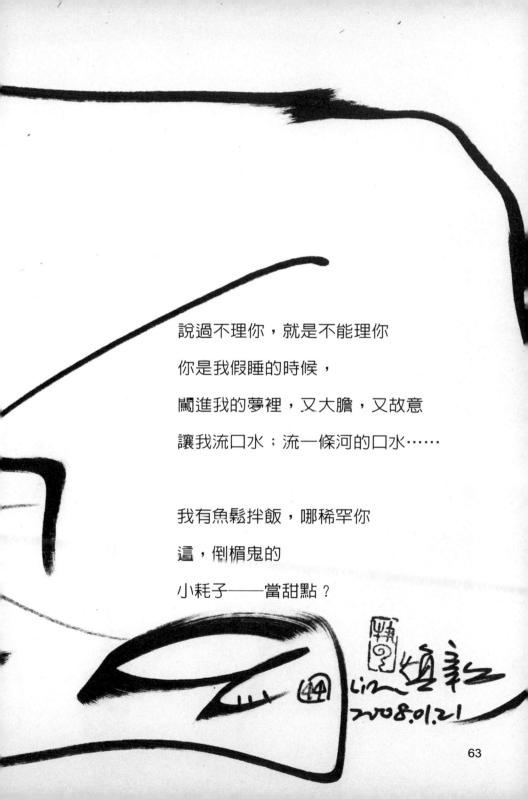

說過不理你，就是不能理你

你是我假睡的時候，

闖進我的夢裡，又大膽，又故意

讓我流口水；流一條河的口水⋯⋯

我有魚鬆拌飯，哪稀罕你

這，倒楣鬼的

小耗子──當甜點？

2008.01.21

我要是肚子餓了，

三天三夜都不進食

我也懶得碰你一根，任何一根

臭鬍鬚！

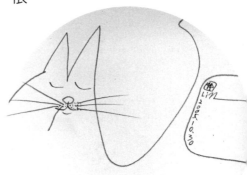

我知道，我懂得

天底下，最不可思議的

我是，最不可思議的一隻

酷貓；我絕對不再當你家

老鼠國的嘉賓

那是最最可恥的，最最不懂得

世界大同，禮義廉恥；

說到「禮」、「義」、「廉」、「恥」，

你知道嗎？這倒是很新鮮──

人類好像幾個世紀以來

就不再有人提這檔子糗事啦！

我這貓族的一隻不懂事的

酷貓，懂什麼：禮義廉恥！

我主張，我們貓族更應該

貓貓都應該做個正正當當的

貓貓，何必再盡想一些

無聊透頂的，貓事？

啊！哈，無聊透頂

那才是無聊頂透，你怎不先

問問自己？

你們鼠輩們的，鼠事

恥事到底什麼才是

真真正正的，無聊透頂

我是酷貓，在我們貓族裡

自然，我做的事，我想的事

我不想的事，

我不必做的事，我不愛做的事，

都是──正經的

所以，我，不必，因為，所以

結論是──小不點兒

該死的你；不該死的臭小子

你絕對要小心，要記住

別有事沒事就塞在我下巴；

最溫柔最溫暖

最舒適的地方，是

最危險的：別想送我

最新鮮最甜美最原始的

美式餐點！

貓言貓語：別以為我很無聊，其實
我很有愛心，不想傷害小老鼠。

小貓走路沒有聲音

小貓走路沒有聲音，

小貓穿的鞋子是

媽媽用最好的皮做的。

小貓走路沒有聲音，

小貓知道牠的鞋子是

媽媽用最好的皮做的。

小貓走路沒有聲音，

小貓知道牠的鞋子是

媽媽用最好的皮做的，

小貓愛惜牠的鞋子。

小貓走路沒有聲音，

小貓知道牠的鞋子是

媽媽用最好的皮做的，

小貓愛惜牠的鞋子，

小貓走路就輕輕地輕輕地；

小貓走路沒有聲音，

小貓知道牠的鞋子是

媽媽用最好的皮做的，

小貓愛惜牠的鞋子。

小貓走路就輕輕地輕輕地——

沒有聲音。

貓言貓語：媽媽愛我，我愛媽媽；感恩就對啦！

貓先生和貓太太

貓先生長鬍鬚，

貓太太也長鬍鬚；

貓先生叫她：

「妙妙妙。」

貓太太叫他也是：

「妙妙妙。」

貓先生和貓太太在一起，

我們都分不清楚，

哪個是男的？

哪個是女的？

貓言貓語：童言童語，很有趣！我也學會了童言童語。

純黑的一隻母貓

一隻黑色的，

純黑的，母貓

在我深夜讀書的腦海裡，

走來走去，然後跳出來

拱著背，靜靜地

蹲在書本上，

靜靜地，用兩個黑標點：

瞪著我。然後

在我逐漸模糊的眼中，

又開始走動；……

彷彿帶著兩隻，純黑的小貓

一起跳進我

睡著了的懷中

貓言貓語：我知道我的小主人她
愛我；我也知道，我窩在小主
人的懷抱中，最舒服。

一隻母貓五隻小貓

一隻貓。

一隻母貓。

一隻黑色的母貓。

這隻黑色的母貓，

牠有五隻小貓；

五隻小貓，不是一個樣子。

五隻小貓，都有自己的樣子。

有隻小貓，

牠是黑色的，

但牠的四隻小腳丫

2005.10.30

是白色的；

好像穿著四朵白雲

走路特別輕。

有隻小貓，

牠是白色的，

但牠的四隻小腳丫

是黑色的；

好像穿著黑絨布鞋，

走路也是，特別輕

有隻小貓，

牠也是黑色的，

但牠的頭和尾巴

3
3
3
3
3
3
3
3
3
3
3
3
3
3

是白色的：

好像穿著一套黑毛衣，

抱在懷裡，特別暖和

有隻小貓，

牠是白色的，

但牠的頭和尾巴

是黑色的：

好像穿著一件白棉襖，

抱在懷裡也是，特別暖和

還有一隻，應該是最小的

不黑也不白，

是灰色的；貓媽媽最疼愛

常常把牠抱在懷裡，

親來親去……

一隻黑色的母貓，

陪著五隻有黑有白的小貓，

坐在客廳的大沙發上，看電視

電視裡也有一隻母貓

帶著五隻小貓；

牠們要去旅行。

那隻母貓，也是黑色的

那五隻小貓，也都不是一個樣子

但都和牠們完全一模一樣——

有黑也有白，

有白也有黑……

在看電視的母貓，

跟牠的五隻小貓說：

那是我們一家人，去年

去旅行的時候拍的；

這是錄影帶！

五隻小貓，喵喵喵喵喵

牠們都很興奮的說：

旅行真好，旅行真棒

我們都成了大明星！

喵喵喵，喵喵喵

喵喵喵……

貓言貓語：現在的小朋友很幸福，現在的小貓也一樣。我們是一群很幸福的小貓，可以和媽媽坐一起，觀賞自己旅遊的錄影帶。

坐在鋼琴上的貓

坐在鋼琴上的貓，

牠比我幸福，每天只坐在那裡

聽我彈鋼琴

牠是媽媽派牠監督我的嗎？

牠怎麼知道我彈的是巴哈

還是莫札特？如果我彈錯了呢

坐在鋼琴上的貓，牠比我幸福

這件事我是可以肯定的，

因為牠不必跟我一樣，天天彈鋼琴

彈鋼琴有什麼不好？當然，你也可以問

有什麼好？不彈鋼琴的貓

每天不是都活得好好的嗎？

我們換個位子吧！

坐在鋼琴上的貓，我也很想坐在

鋼琴上，看看窗外的天空

——藍不藍？

貓言貓語：我的小主人總是不甘不願，如果我可以幫她彈鋼琴，該多好！

C_{AT}

關於貓的詩（二）

貓，有好玩的權利

迎暉・油彩・50F・2007

林煥彰 先生 啟

115 台北市南港郵政 4-9 號信箱

開放時間11:00AM─6:30PM（週一休館）

詹金水
Jan Chinshui

1994-2008精選展

展覽日期： 5月24日 ～ 6月4日
開幕酒會： 5月24日（六）2:30PM

我家的貓

貓捉老鼠，是有一套辦法的；

光瞪眼、吹鬍鬚，誰也不怕。

古時候，老鼠看到貓就發抖，

如今，絕無僅有；現在，

貓要捉老鼠，必先耍一些花招。

當然，手腳敏捷，動作準確

還是必要。

因為啊！

現在的老鼠都很狡詐；

貓要學會和牠們捉迷藏，

而且還要很有耐性

等、等、等……

不過，我家的貓倒還很有個性，

牠從不跟老鼠玩兒，

牠只喜歡速戰速決，

喜歡重重咬牠們一口，

因為啊，

老鼠太可惡，

牠們咬壞了我，心愛的書；

也咬破了我，心愛的鞋子。

貓言貓語：我的小人是愛我的，總算也有替我說句
公道話的時候！

閱讀大詩08　PG0556

關於貓的詩（二）：
貓，有好玩的權利

圖文作者	林煥彰
責任編輯	黃姣潔
圖文排版	陳佩蓉
封面設計	陳佩蓉

出版策劃	釀出版
製作發行	秀威資訊科技股份有限公司
	114 台北市內湖區瑞光路76巷65號1樓
	電話：+886-2-2796-3638　傳真：+886-2-2796-1377
	服務信箱：service@showwe.com.tw
	http://www.showwe.com.tw
郵政劃撥	19563868　戶名：秀威資訊科技股份有限公司
展售門市	國家書店【松江門市】
	104 台北市中山區松江路209號1樓
	電話：+886-2-2518-0207　傳真：+886-2-2518-0778
網路訂購	秀威網路書店：http://www.bodbooks.com.tw
	國家網路書店：http://www.govbooks.com.tw
法律顧問	毛國樑　律師
總 經 銷	聯合發行股份有限公司
	231新北市新店區寶橋路235巷6弄6號4F
	電話：+886-2-2917-8022　傳真：+886-2-2915-6275

出版日期	2011年10月　BOD一版
定　　價	270元

國家圖書館出版品預行編目

關於貓的詩（二）貓, 有好玩的權利 / 林煥彰圖.文. --
一版. -- 臺北市：釀出版, 2011.10
　　面；　公分. --（閱讀大詩；8）
　BOD版
ISBN　978-986-6095-50-4（平裝）

851.486 　　　　　　　　　　　　100017886

讀者回函卡

感謝您購買本書，為提升服務品質，請填妥以下資料，將讀者回函卡直接寄回或傳真本公司，收到您的寶貴意見後，我們會收藏記錄及檢討，謝謝！
如您需要了解本公司最新出版書目、購書優惠或企劃活動，歡迎您上網查詢或下載相關資料：http:// www.showwe.com.tw

您購買的書名：_____

出生日期：_____年_____月_____日

學歷：□高中 (含) 以下　　□大專　　□研究所 (含) 以上

職業：□製造業　□金融業　□資訊業　□軍警　□傳播業　□自由業
　　　□服務業　□公務員　□教職　　□學生　□家管　　□其它_____

購書地點：□網路書店　□實體書店　□書展　□郵購　□贈閱　□其他

您從何得知本書的消息？

　□網路書店　□實體書店　□網路搜尋　□電子報　□書訊　□雜誌

　□傳播媒體　□親友推薦　□網站推薦　□部落格　□其他_____

您對本書的評價：（請填代號　1.非常滿意　2.滿意　3.尚可　4.再改進）

　封面設計____　版面編排____　內容____　文／譯筆____　價格____

讀完書後您覺得：

　□很有收穫　□有收穫　□收穫不多　□沒收穫

對我們的建議：_____

_____

_____

_____

11466

台北市內湖區瑞光路 76 巷 65 號 1 樓

秀威資訊科技股份有限公司 　　收

BOD 數位出版事業部

....

（請沿線對折寄回，謝謝！）

姓　　名：＿＿＿＿＿＿＿＿　年齡：＿＿＿＿　性別：□女　□男

郵遞區號：□□□□□

地　　址：＿＿＿＿＿＿＿＿＿＿＿＿＿＿＿＿＿＿＿＿＿

聯絡電話：(日) ＿＿＿＿＿＿＿＿＿　(夜) ＿＿＿＿＿＿＿＿＿

E-mail：＿＿＿＿＿＿＿＿＿＿＿＿＿＿＿＿＿＿＿＿＿